Autora *best-seller* do *The New York Times*

Katherine Applegate

Doggo e o Filhote
SALVAM O MUNDO

Charlie Alder

Tradução
Carolina Itimura Camargo

MILK SHAKESPEARE

DOGGO AND PUPPER SAVE THE WORLD
TEXT COPYRIGHT © 2022 BY KATHERINE APPLEGATE
ILLUSTRATIONS COPYRIGHT © 2022 BY CHARLOTTE ALDER
ORIGINALLY PUBLISHED BY FEIWEL AND FRIENDS AN IMPRINT OF
MACMILLAN PUBLISHING GROUP, LLC
PUBLISHED BY ARRANGEMENT WITH PIPPIN PROPERTIES, INC. THROUGH
RIGHTS PEOPLE, LONDON.

COPYRIGHT © FARO EDITORIAL, 2023

Todos os direitos reservados.
Nenhuma parte deste livro pode ser reproduzida sob quaisquer meios existentes sem autorização por escrito do editor.

MilkShakespeare é um selo da Faro Editorial.

Diretor editorial: **PEDRO ALMEIDA**

Coordenação editorial: **CARLA SACRATO**

Assistente editorial: **LETICIA CANEVER**

Tradução: **CAROLINA ITIMURA CAMARGO**

Revisão: **BÁRBARA PARENTE**

Adaptação de capa e diagramação: **REBECCA BARBOZA**

Dados Internacionais de Catalogação na Publicação (CIP)
Jéssica de Oliveira Molinari CRB-8/9852

Applegate, Katherine
  Doggo e o filhote : salvam o mundo / Katherine Applegate ; tradução de Carolina Itimura Camargo ; ilustrações de Charlie Alder. -- São Paulo : Faro Editorial, 2023.
  96 p. : il., color.

  ISBN 978-65-5957-426-1
  Título original: Doggo and the pupper save the world

  1. Ficção infantojuvenil norte-americana I. Título II. Camargo, Carolina Itimura III. Alder, Charlie

23-4007   CDD 028.5

Índice para catálogo sistemático:
1. Literatura infantojuvenil norte-americana

FARO EDITORIAL

1ª edição brasileira: 2023
Direitos de edição em língua portuguesa, para o Brasil, adquiridos por **FARO EDITORIAL**.

Avenida Andrômeda, 885 — Sala 310
Alphaville — Barueri — SP — Brasil
CEP: 06473-000
WWW.FAROEDITORIAL.COM.BR

SUMÁRIO

UM
MARAVILHOSO

DOIS
HERÓI

TRÊS
BATERIA

QUATRO
PIU PIU PIU!

CINCO
O PASSARINHO

SEIS
ESPERANDO

SETE
MÚSICA

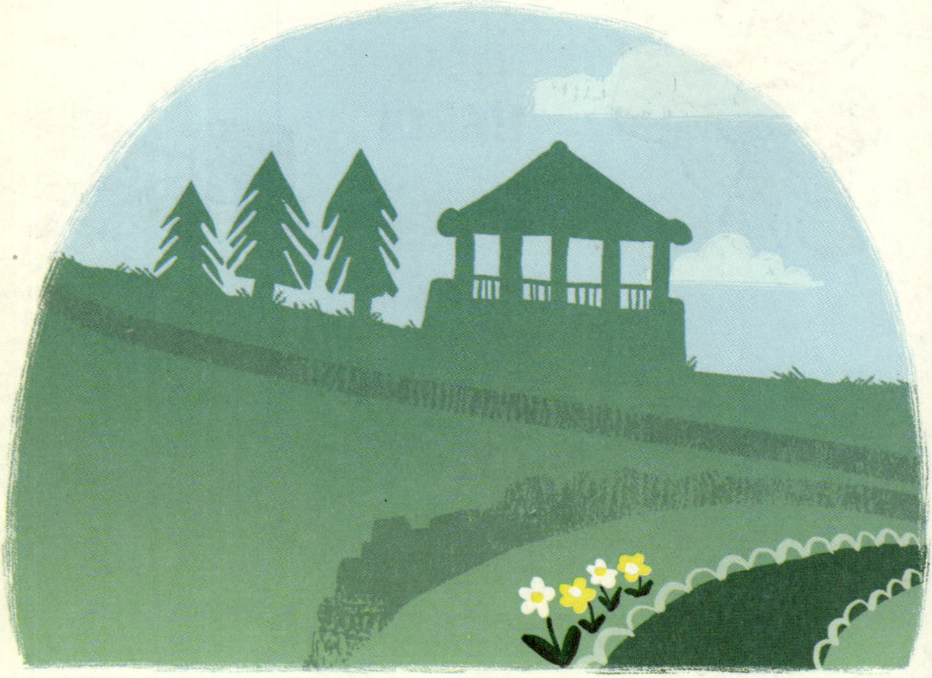

CAPÍTULO UM

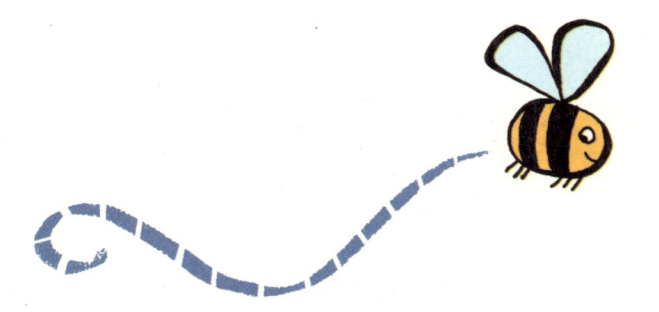

MARAVILHOSO

Em um calmo cantinho de sol, Doggo descansava. Em um belo cantinho de chão, o Filhote cavava. A vida era boa.

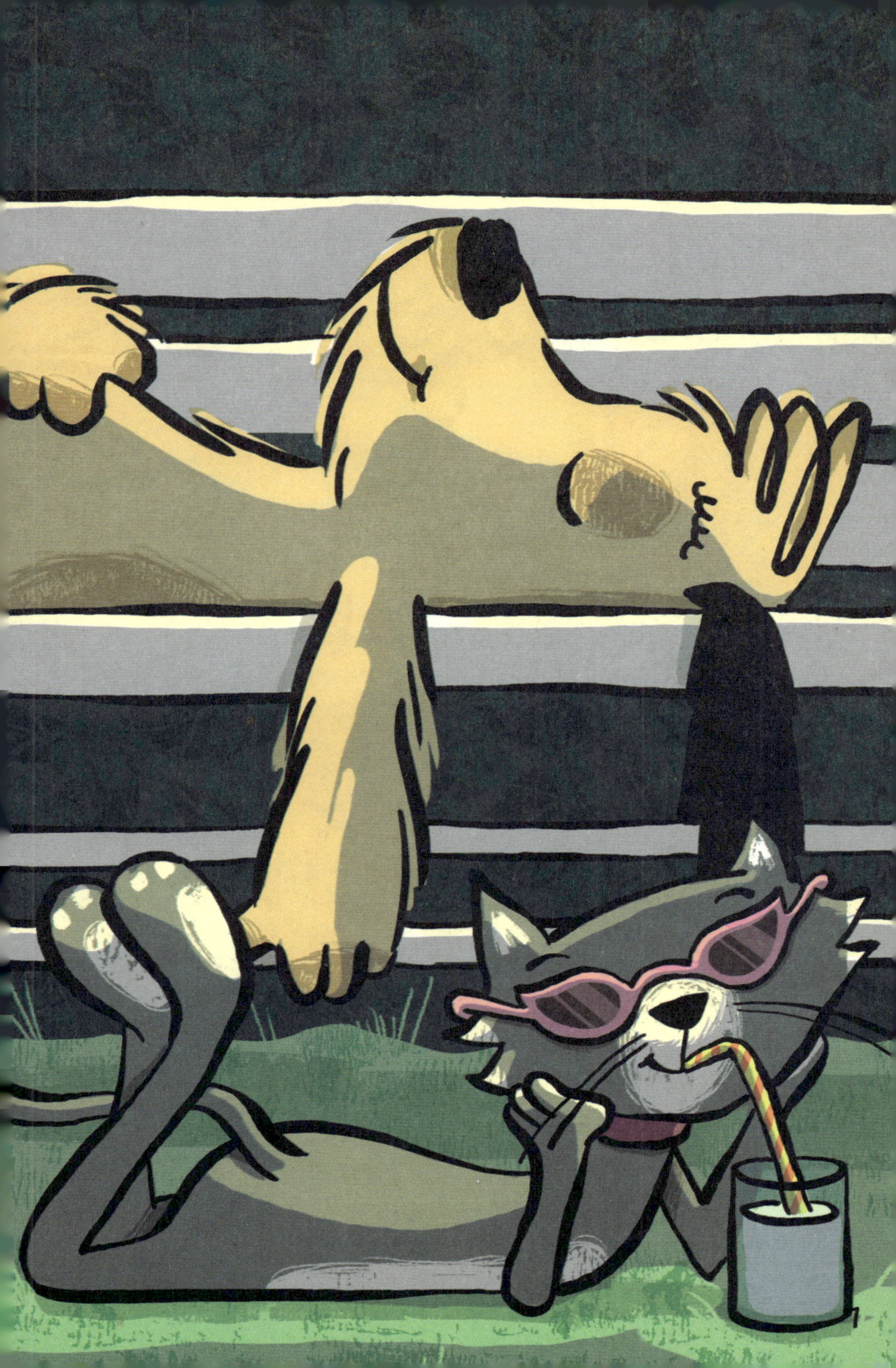

Um passarinho passou voando. Havia dois filhotes em seu ninho.
— Logo, logo, eles também vão voar — disse Doggo.

— Eu queria poder voar assim ou como o Cão Maravilha — disse o Filhote.
— Não sei quem é esse — disse Doggo.
— Ele passa na TV, e não tem medo de nada. Nem de esquilos gigantes — respondeu o Filhote.

O Filhote tinha muito medo de esquilos gigantes.

11

— Nunca vou ser um herói. Eu me preocupo demais — disse o Filhote.
— Até os heróis se preocupam — disse Doggo.
— Gatos se preocupam? — perguntou o Filhote à Gata.
— Não nos preocupamos. É perda de tempo e nós também não voamos — disse ela.

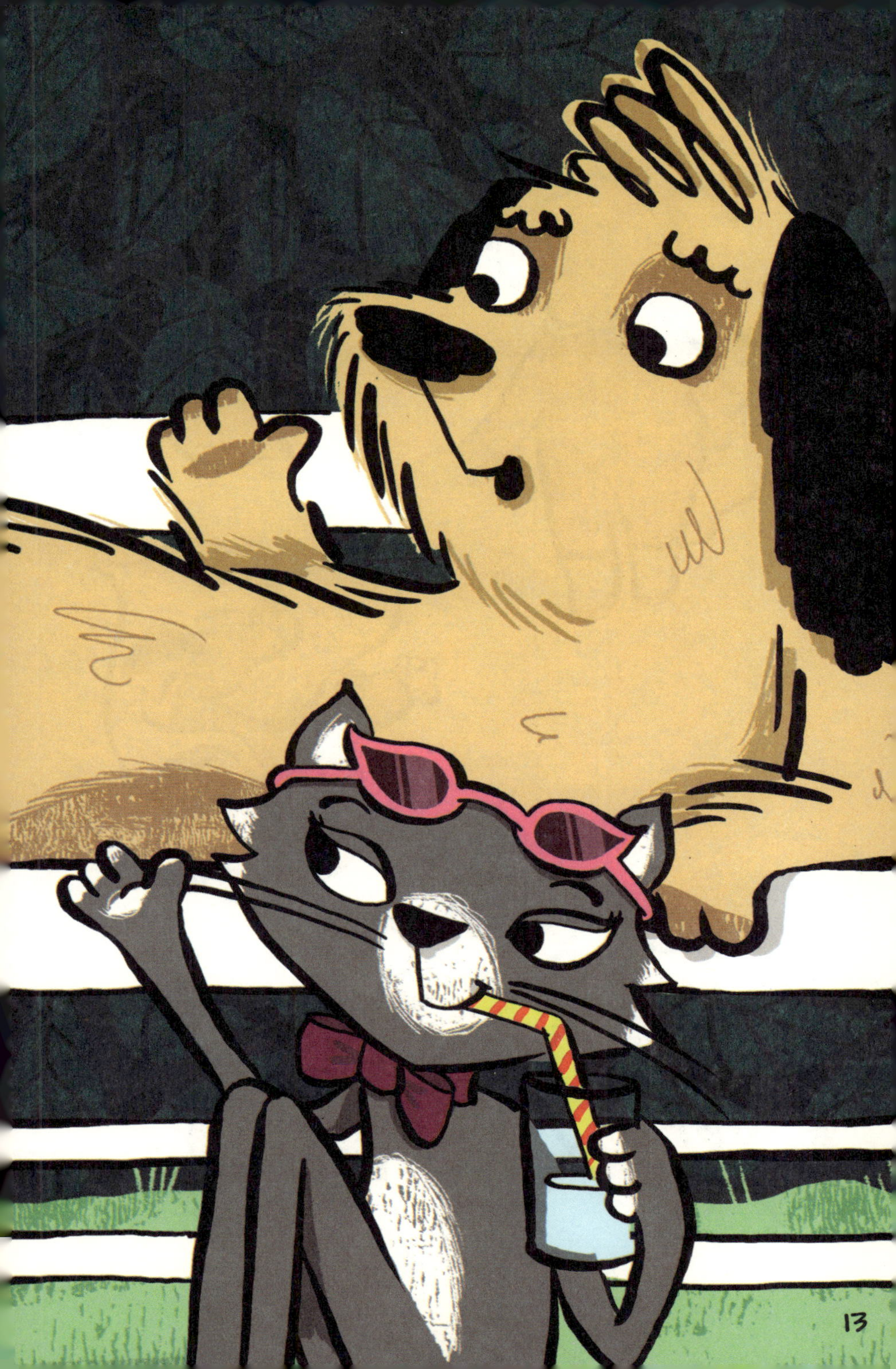

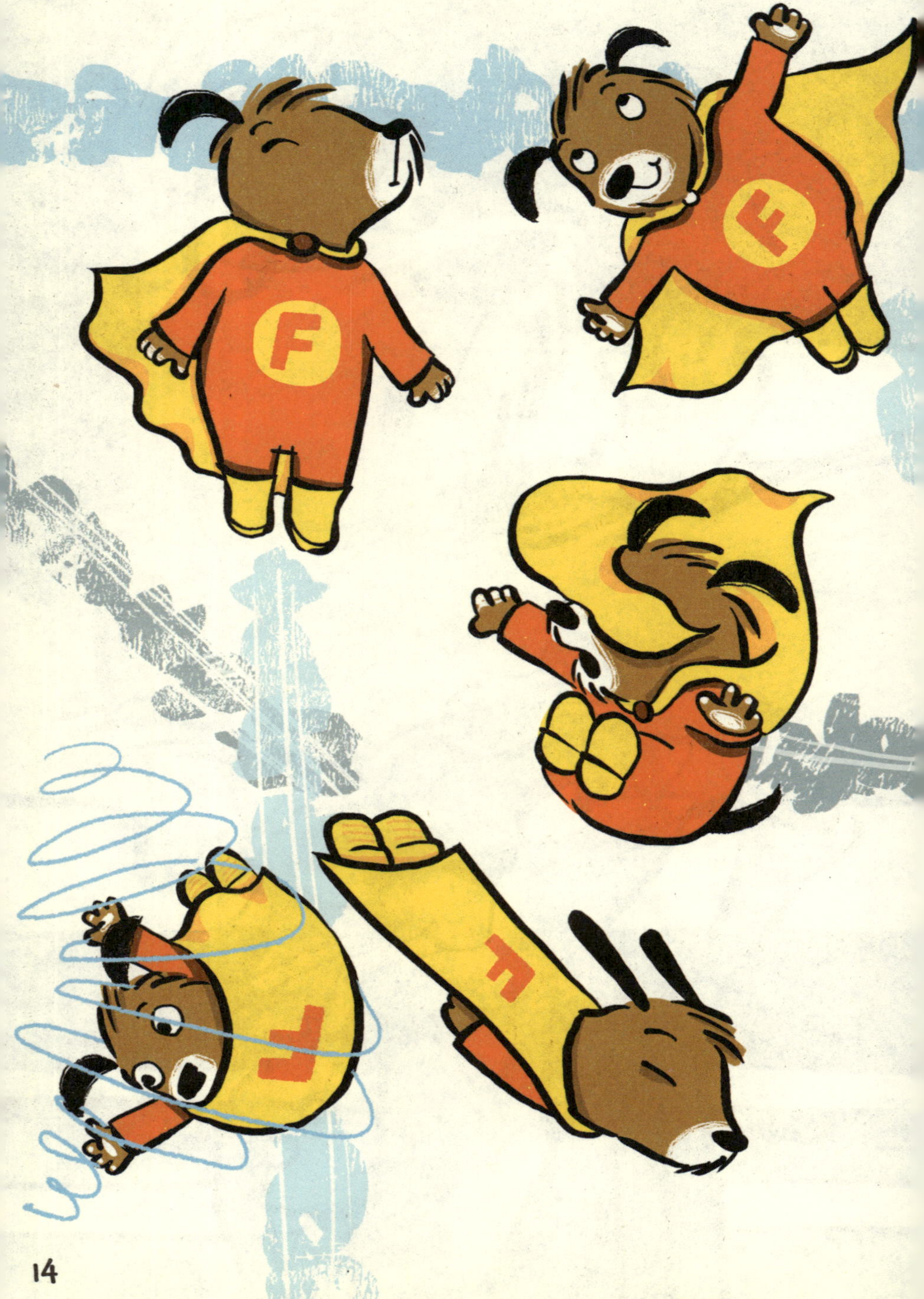

— Filhote, você não precisa voar como o Cão Maravilha. Você já é maravilhoso — disse Doggo.

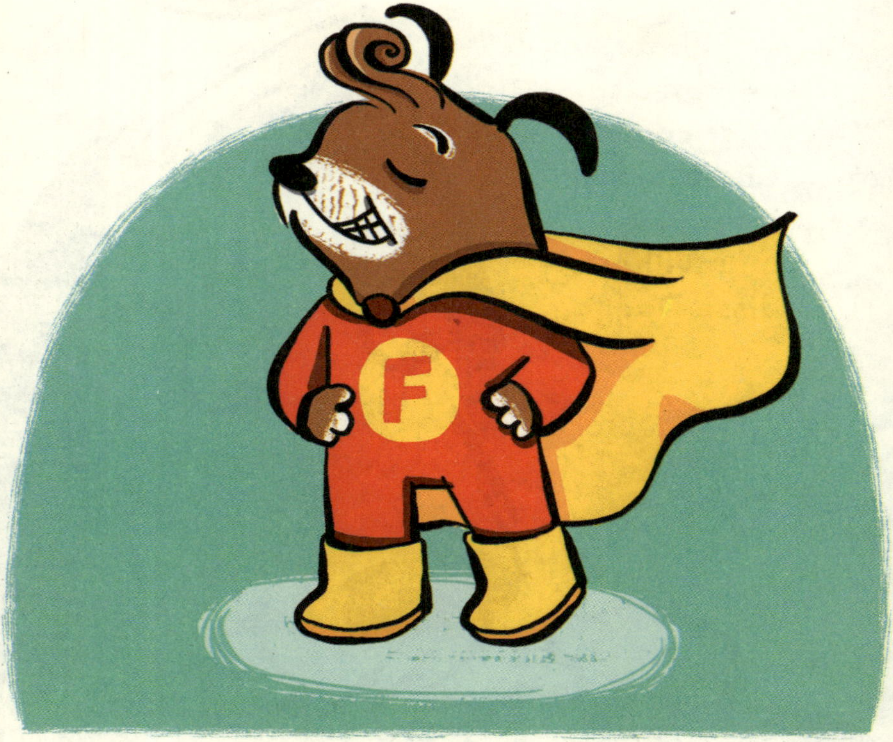

CAPÍTULO DOIS

HERÓI

— Vamos ao cinema — disseram
os humanos. — Comportem-se.
Doggo encontrou o controle remoto.
Os humanos riram.
— Está bem — disseram.
— Podem ver TV! Boa sorte escolhendo
algo para ver.

A Gata fez pipoca.
O filhote escolheu algo
para verem juntos.
O programa se chamava
*Cão Maravilha
Salva o Mundo.*

— Eu queria ser um herói — disse o Filhote.
— Mas preciso de alguém para salvar. Você precisa ser salva, Gata?

— No momento, não — disse a Gata. — Mas obrigada por perguntar.

Doggo escolheu o próximo programa.
Tinha música alta. A Gata tampou
os ouvidos.

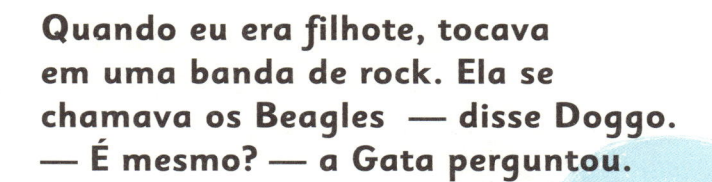

Quando eu era filhote, tocava em uma banda de rock. Ela se chamava os Beagles — disse Doggo.
— É mesmo? — a Gata perguntou.

— Eu tocava bateria — continuou Doggo.

— Pode me ensinar a tocar bateria? — perguntou o Filhote.

Doggo deu um par de colheres ao Filhote.

— Lição número um: tocar bateria não é moleza.
— Ah, então, eu prefiro ser um herói — disse o Filhote.

Doggo sorriu e disse:
— Ser herói também não é moleza.

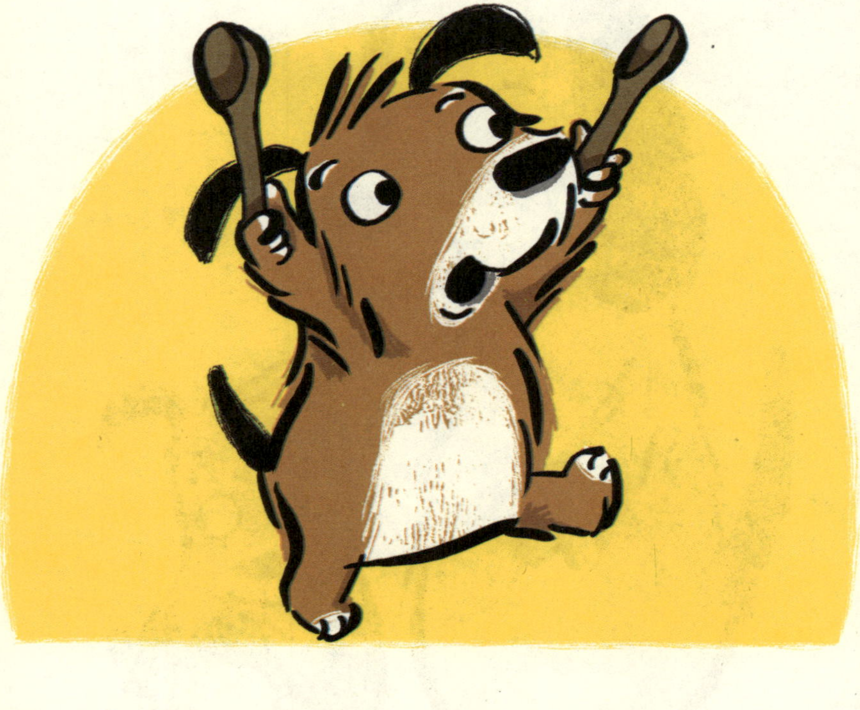

CAPÍTULO TRÊS

BATERIA

O Filhote tocava bateria a noite inteira.

Ele tocava bateria o dia inteiro.

Ele tocava bateria a semana inteira.

30

— Você gosta da minha música, Gata? — perguntou ele.
— Há muitos tipos de música — disse a Gata. — Eu gosto do tipo sossegado.

— Boas notícias! Amanhã vai ter música no parque. Uma banda vai tocar — disse Doggo.

— Vai ter bateria? — perguntou o Filhote.
— Toda banda boa tem bateria — disse Doggo.

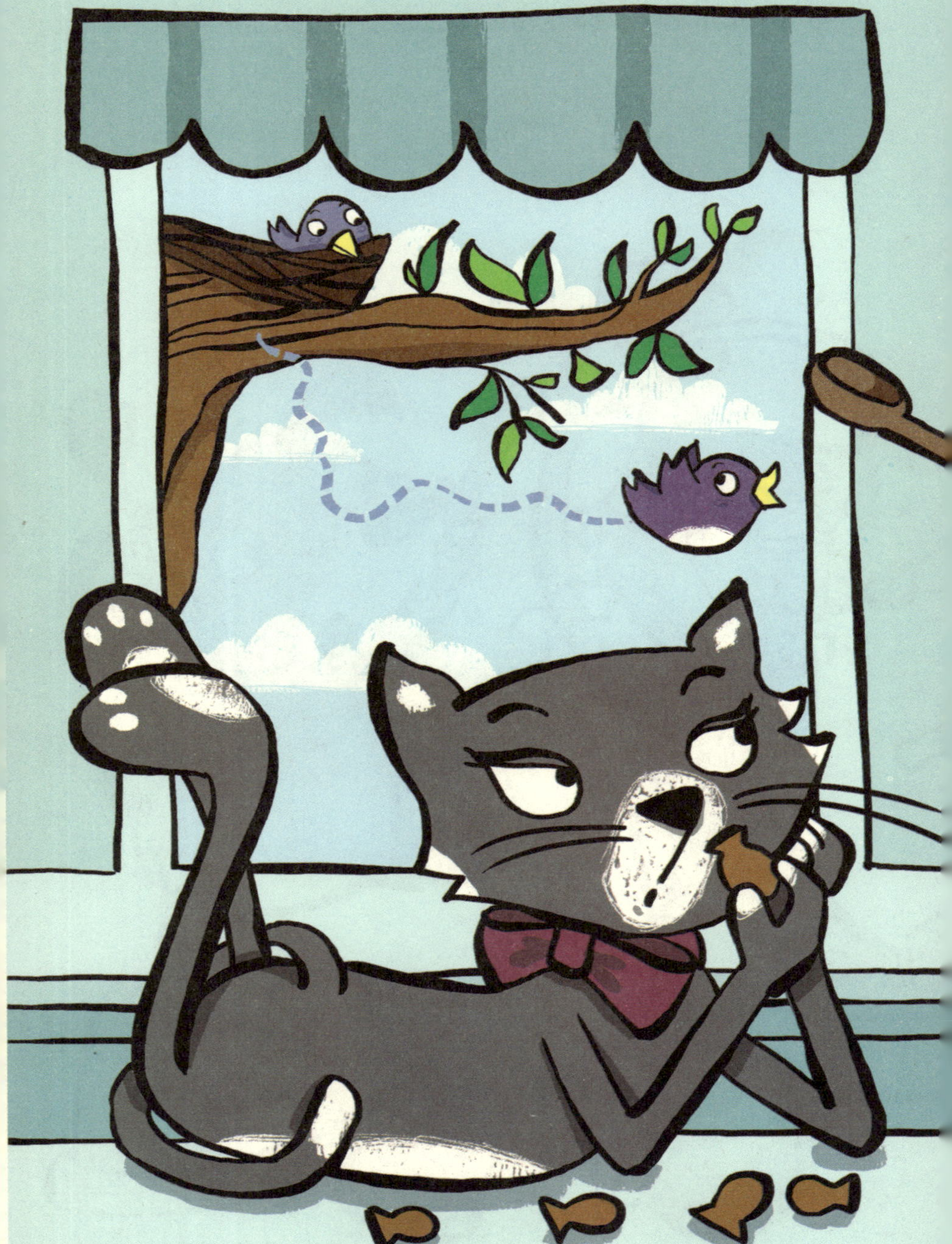

Passou voando um passarinho.
— Olhe! Ela está aprendendo a voar — disse o Filhote.
O outro bebê ainda estava no ninho.

— Será que ele está com medo? — disse o Filhote.

— Ele vai voar quando estiver pronto — disse Doggo.

— Talvez ele tenha medo de esquilos gigantes — disse o Filhote.

— Talvez ele precise de paz e sossego — disse a Gata.

CAPÍTULO QUATRO

PIU PIU PIU!

O Filhote mal podia esperar para ouvir a banda.
Finalmente o dia havia chegado.
— Vamos logo, Doggo! — chamava ele.

— Você vem, Gata? — perguntou Doggo.

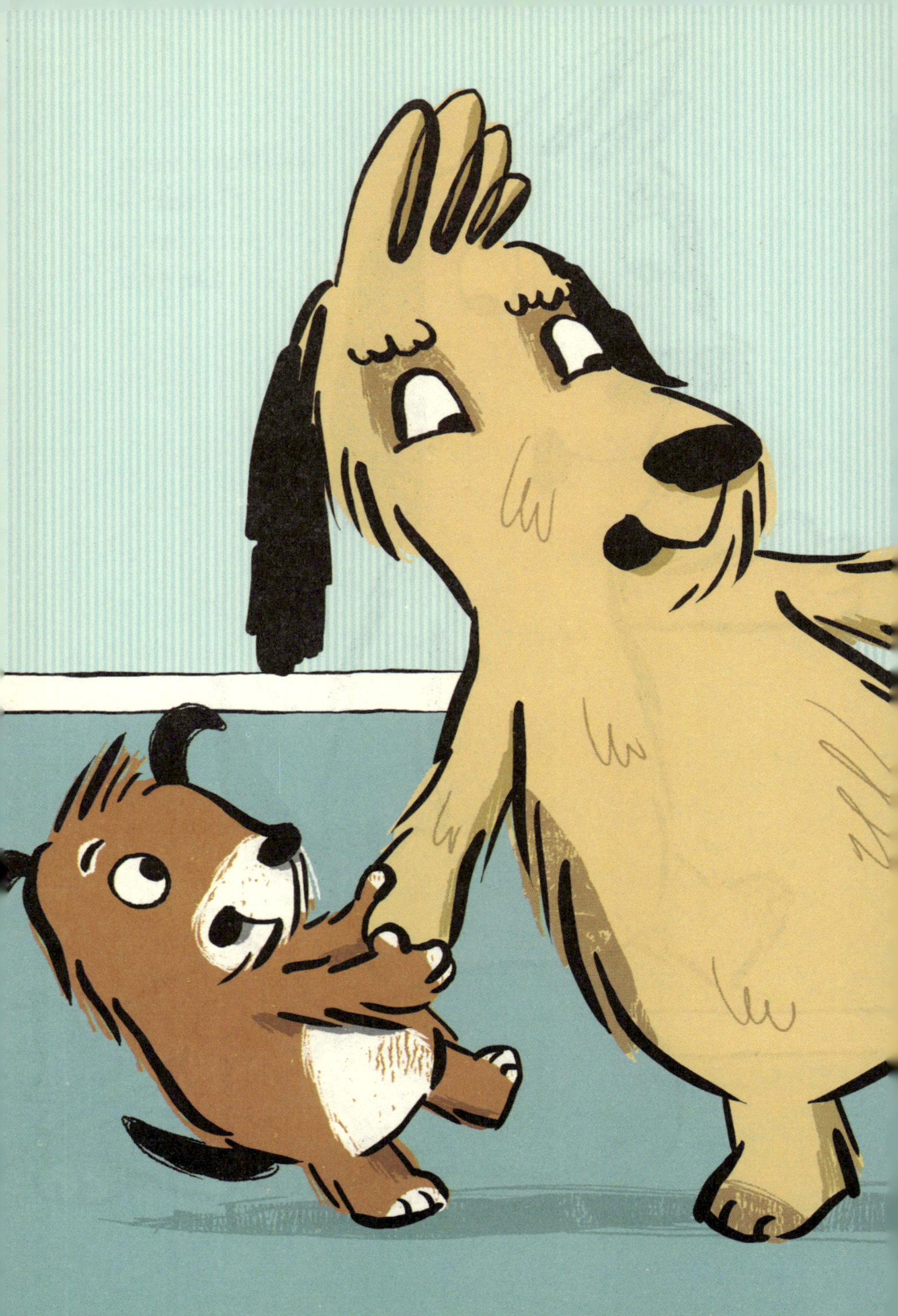

— É hora do meu cochilo — disse ela.
— Sempre é hora do seu cochilo — respondeu Doggo.
— Cochilar é a minha única tarefa — disse a Gata.
Doggo e o Filhote partiram.

VISH! VUSH! ZOOM!

A mamãe pássaro revoava sobre eles.
O bebê a seguia.

— Queria poder ser rápido assim, mas ultimamente estou devagar — disse Doggo.

— Eu sou rápido — disse o Filhote.
— Fique por perto ou ficarei preocupado — disse Doggo.

— Você também se preocupa? — perguntou o Filhote.

— Só com as coisas importantes — respondeu Doggo.

Eles dobraram
uma esquina.
O vento era calmo.

Cheirava a sorvete.
E trazia vozes alegres.

O Filhote escutou
um som diferente.

Um pequenino *piu piu piu!*

Algo se escondia em um arbusto.

Será que os esquilos gigantes se escondem em arbustos?
Piu piu piu!

Era um som assustado.
Mas não assustador.

O Filhote deu uma espiada.

Entre os arbustos havia um passarinho. Ele parecia muito preocupado.

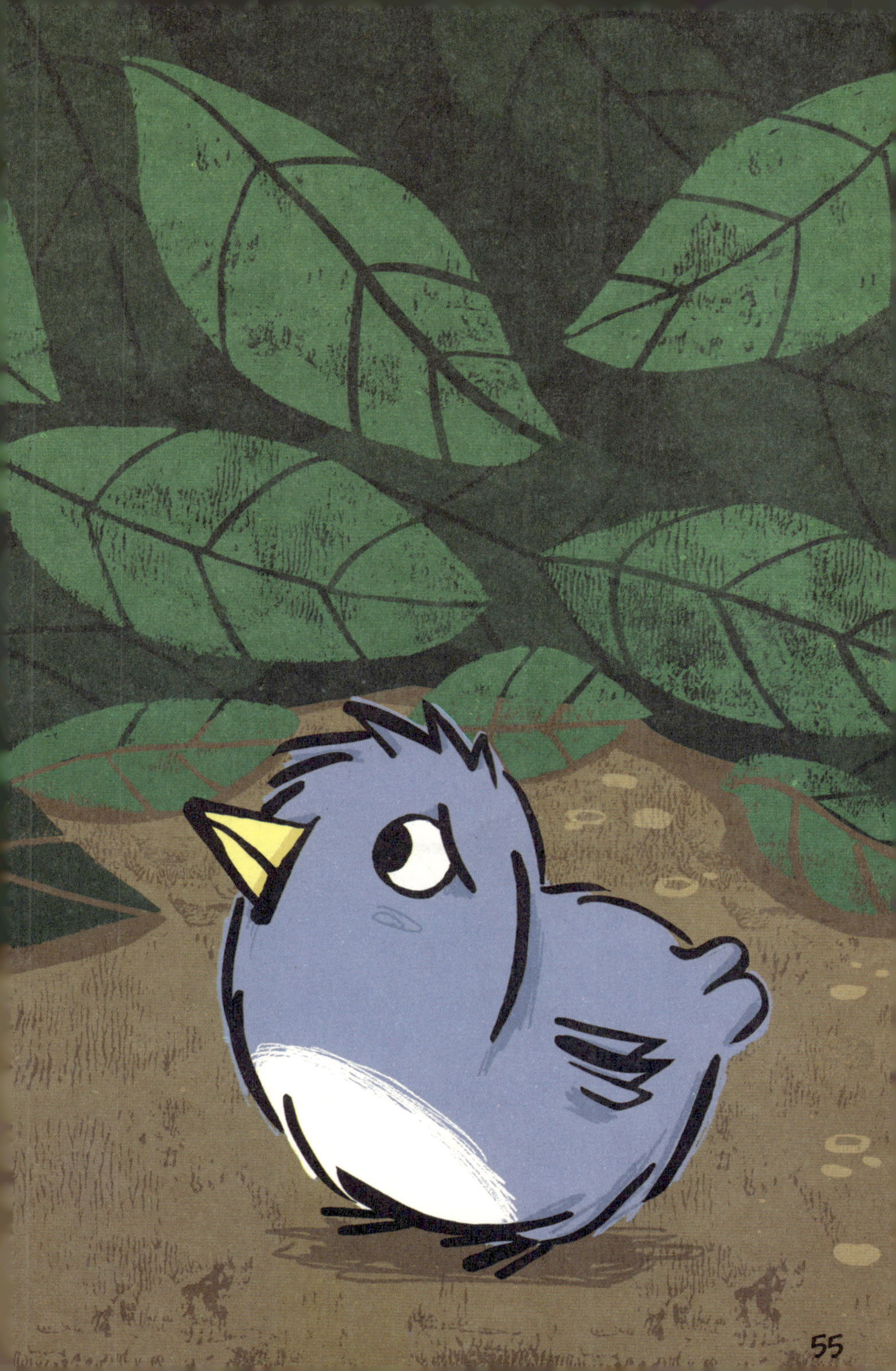

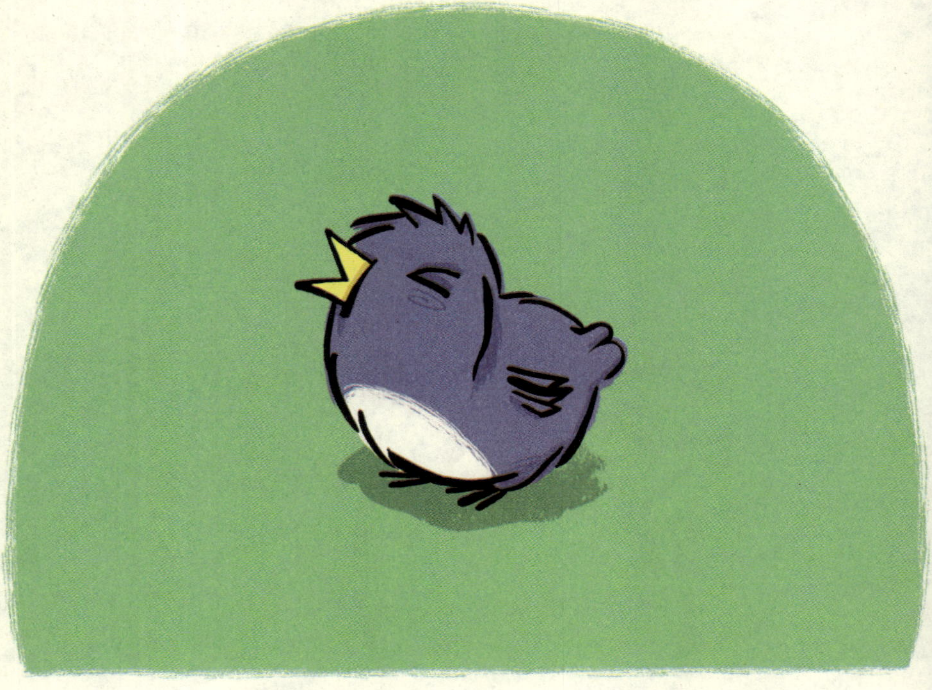

CAPÍTULO CINCO

O PASSARINHO

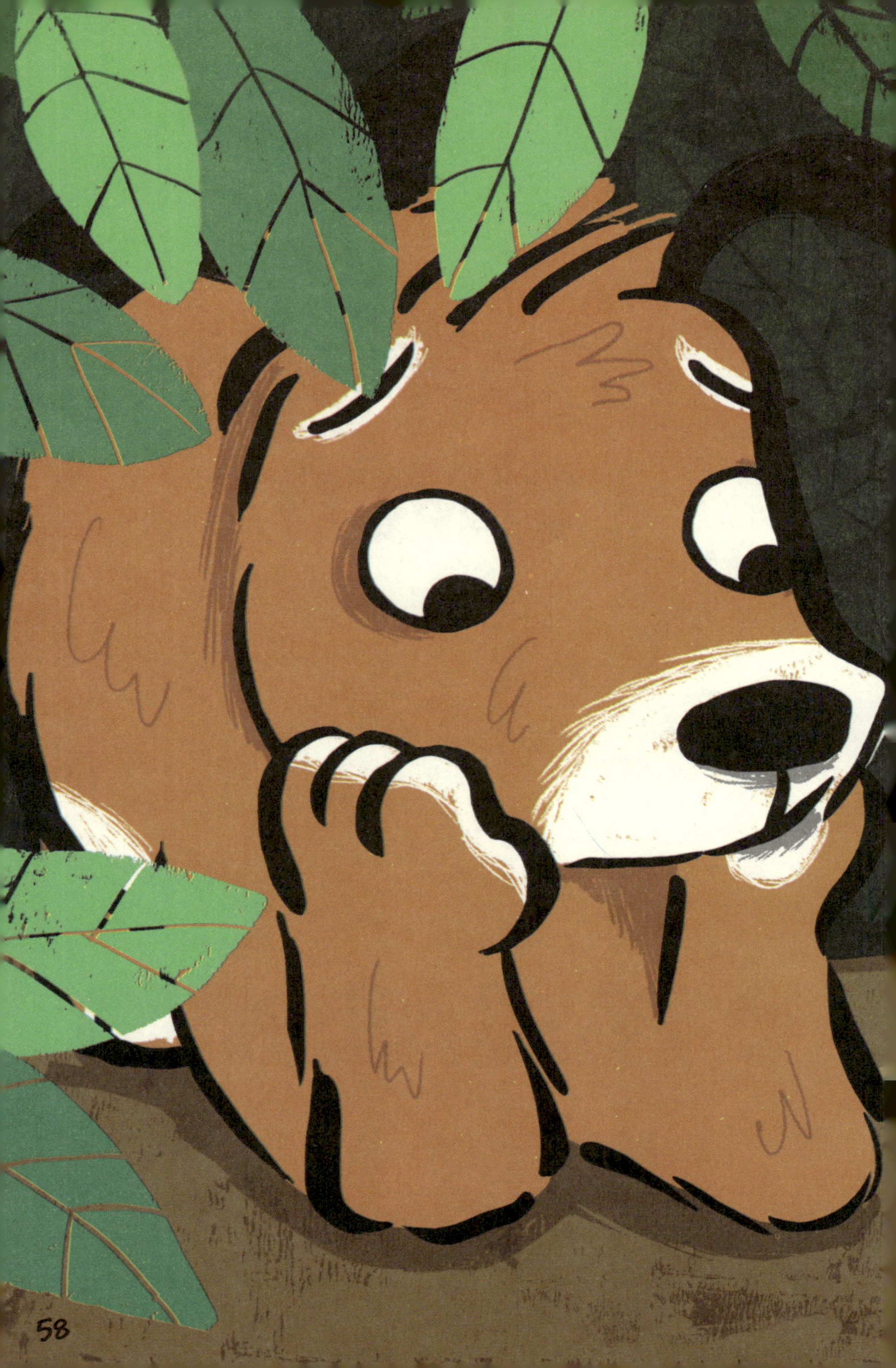

— Você está bem, passarinho? — perguntou o Filhote.

O passarinho piscava.
Piu piu piu!

— Doggo! Vem cá! — chamou o Filhote.

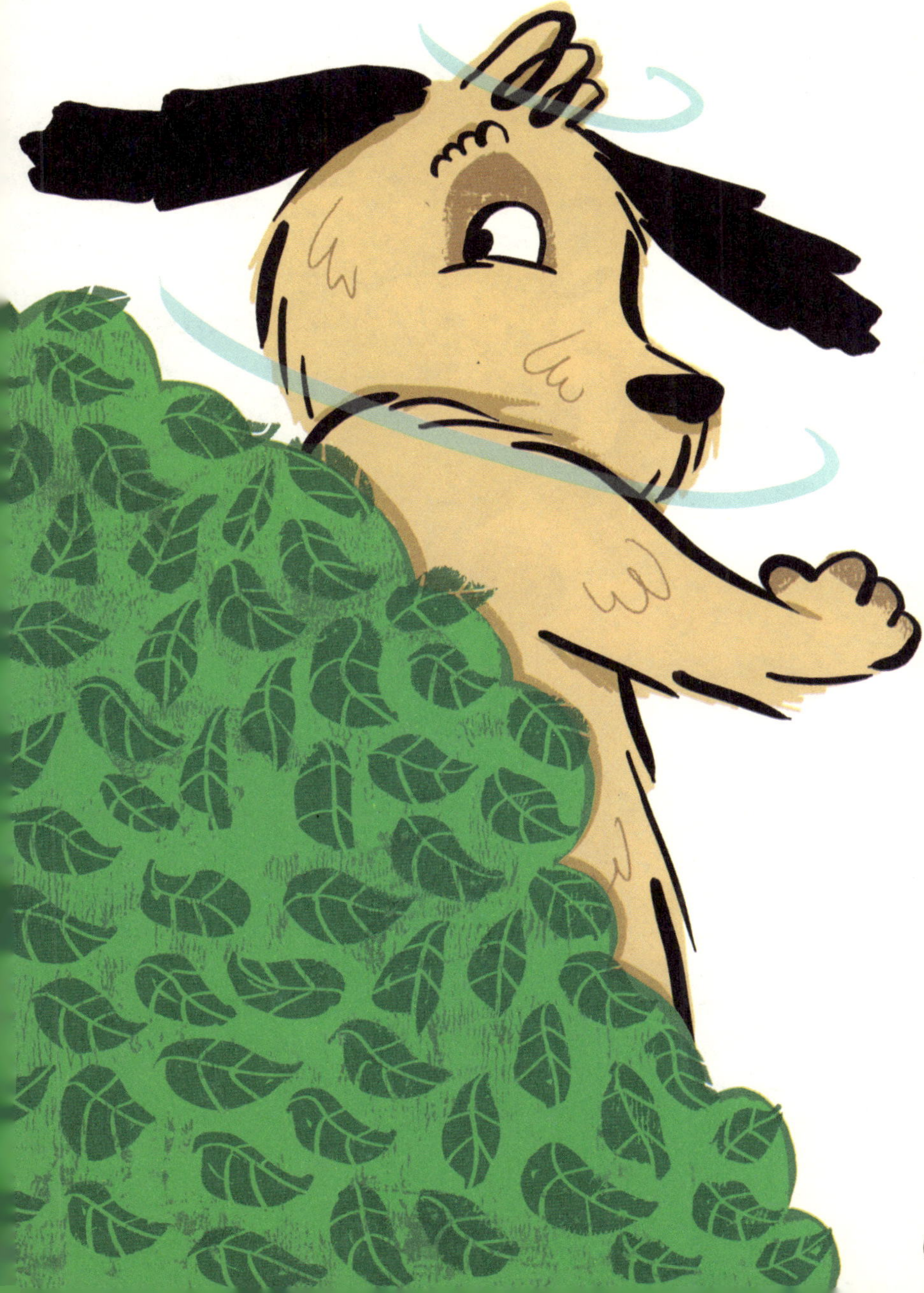

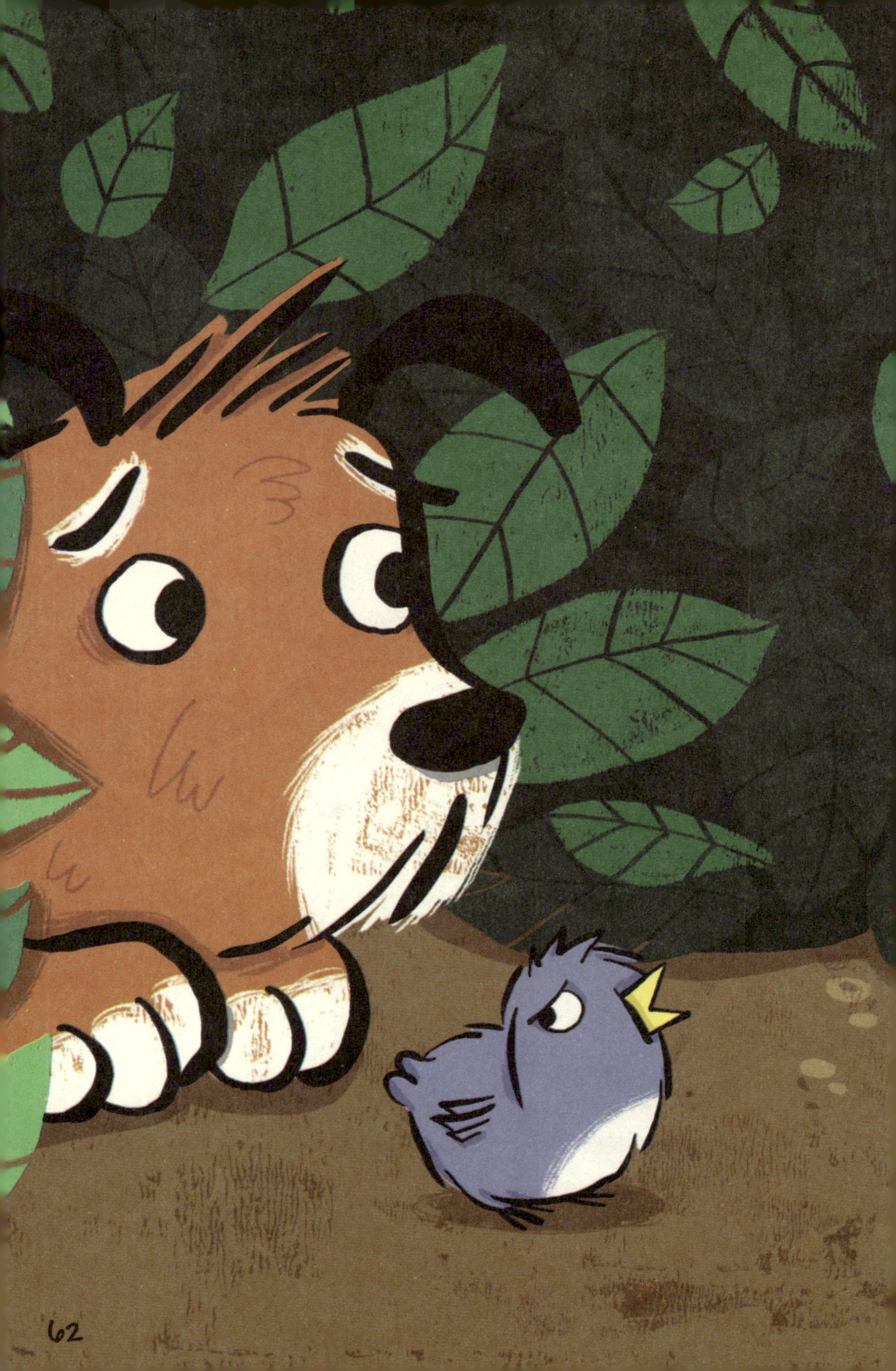

— Ora, ora, o que temos aqui! — disse.

— Por que ele está sozinho? — perguntou o Filhote.

— É um filhotinho. Está aprendendo a voar, certo? A mamãe deve estar por perto — disse Doggo.

— Não podemos deixá-lo aqui — disse o Filhote.

— A música já vai começar — disse Doggo.

— Eu sei — disse o Filhote.

— Mas talvez ele esteja com medo de esquilos gigantes.

— *Piu piu piu!* —
disse o bebê.

— Alguém precisa salvar esse passarinho e esse alguém sou eu — disse o Filhote.

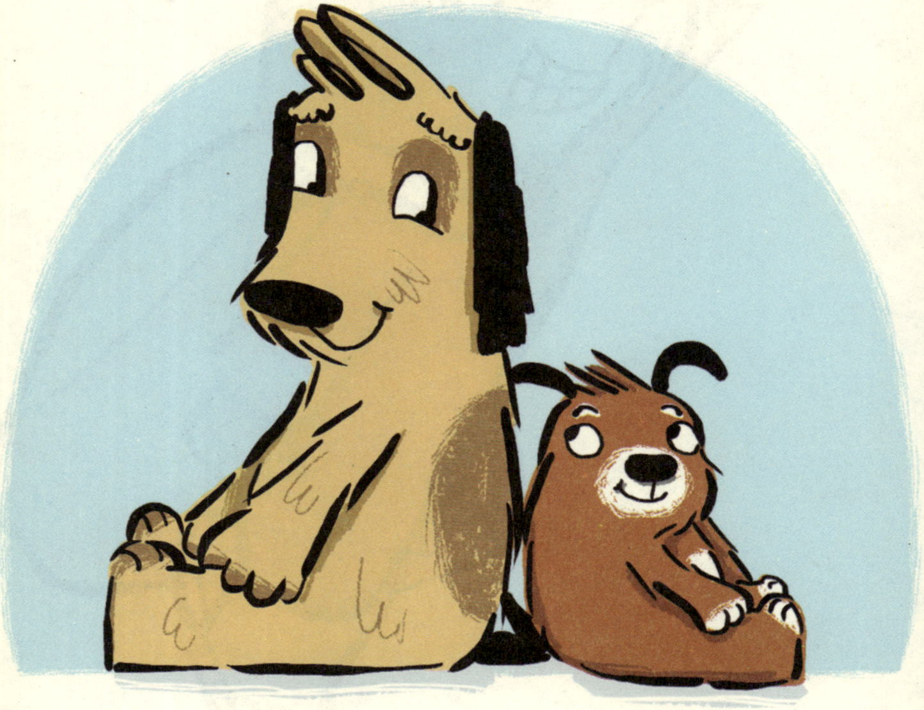

CAPÍTULO SEIS

ESPERANDO

Doggo e o Filhote se sentaram perto do arbusto.

Ficaram pertinho do passarinho. Mas não muito pertinho.

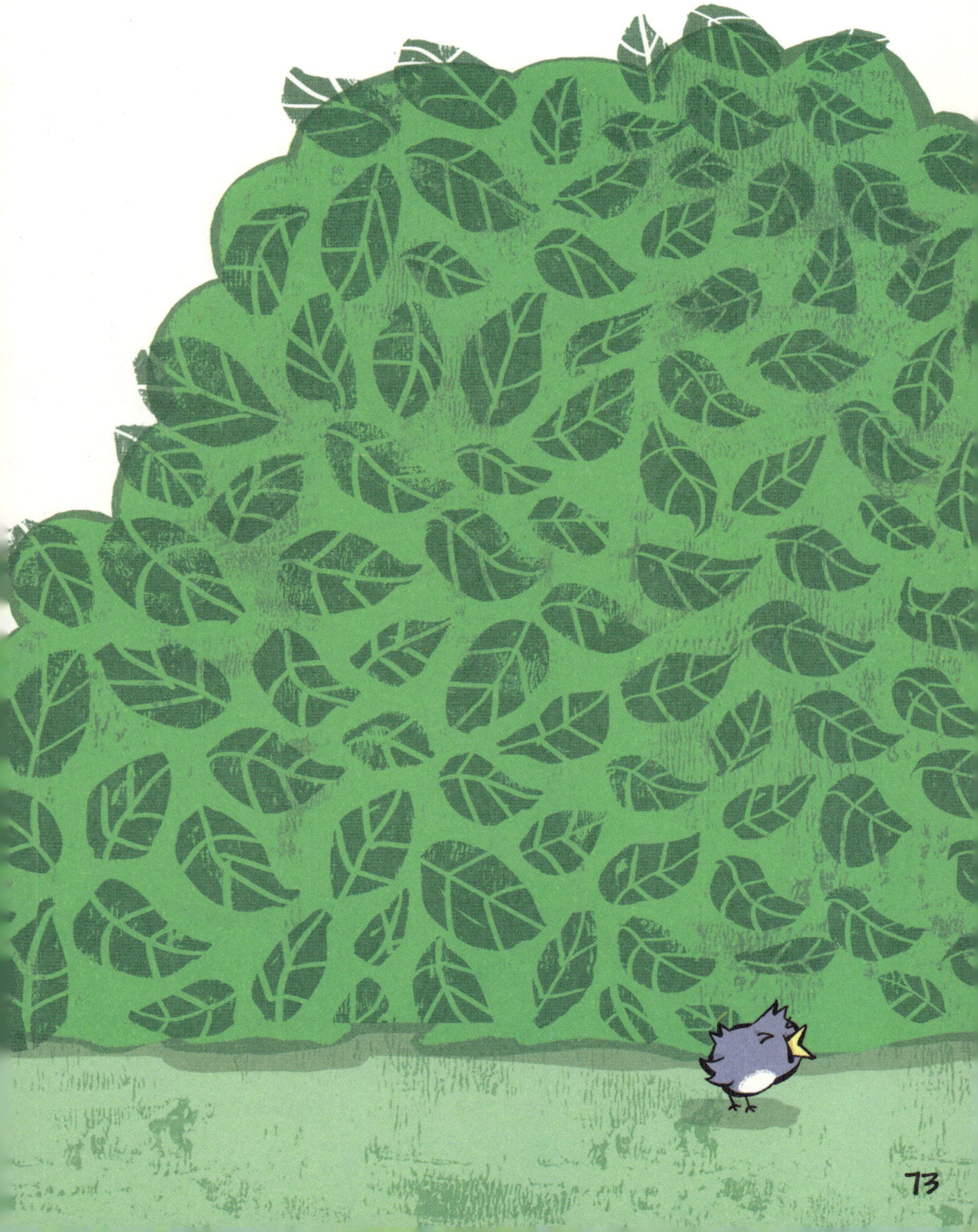

Eles esperaram.

Ficaram quietinhos
aproveitando o sol quente.
O vento trazia sons diferentes.

A banda estava tocando.

O Filhote escutava a bateria.
— Ainda podemos ir — disse **Doggo.**

— O Cão Maravilha não iria embora assim — disse o Filhote.

O passarinho batia as asas.

Ele saltitava.

Mas não voava.

Eles esperaram e
esperaram
e esperaram.
A banda parou
de tocar.

— Sinto muito por termos perdido o show — disse o Filhote.
— Haverá outros — disse Doggo.

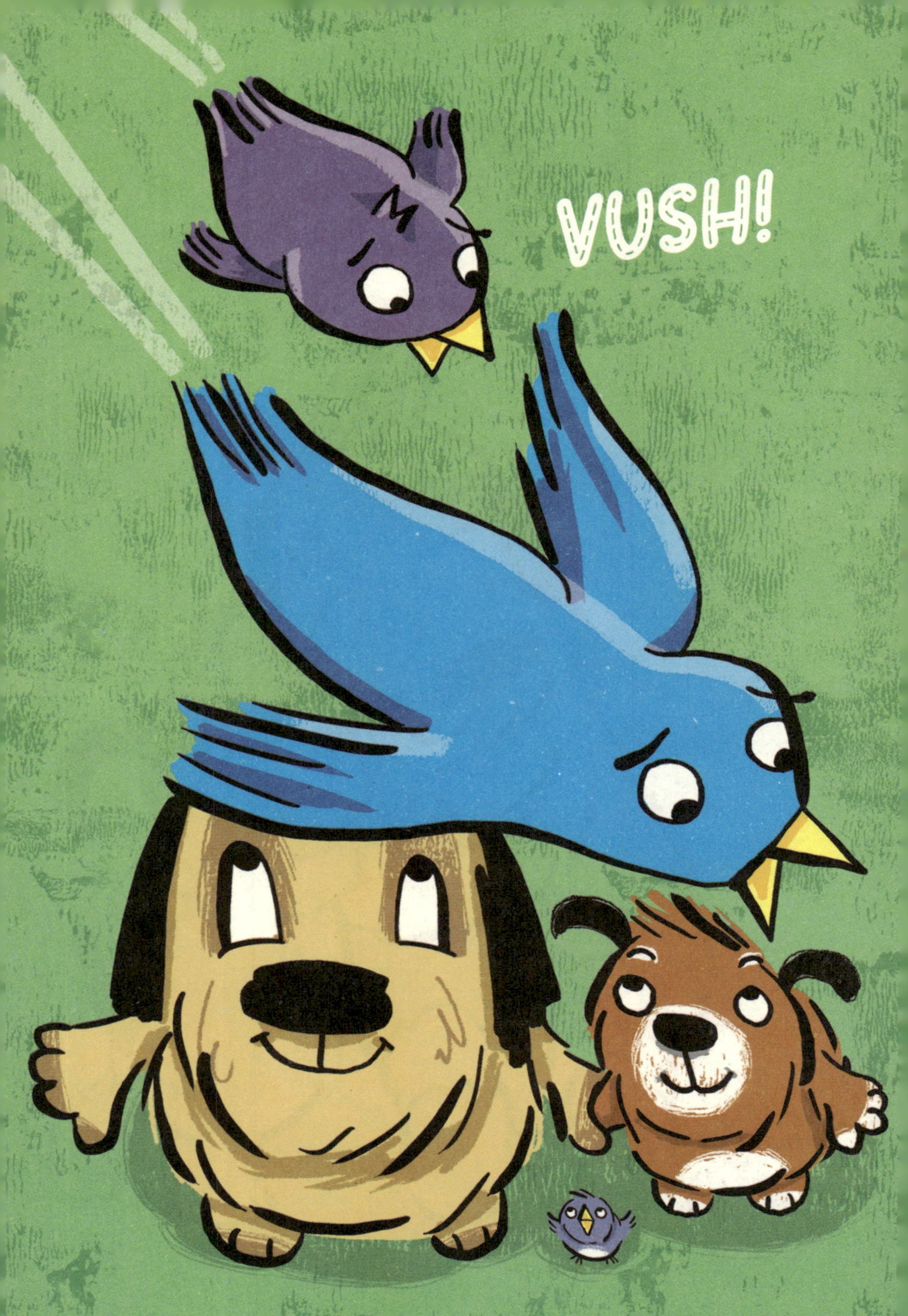
VUSH!

A mamãe pássaro pousou. O outro passarinho a seguiu.

Todos piaram.

Todos bateram as asas.

Todos saltitaram.

E, por fim, todos voaram.

85

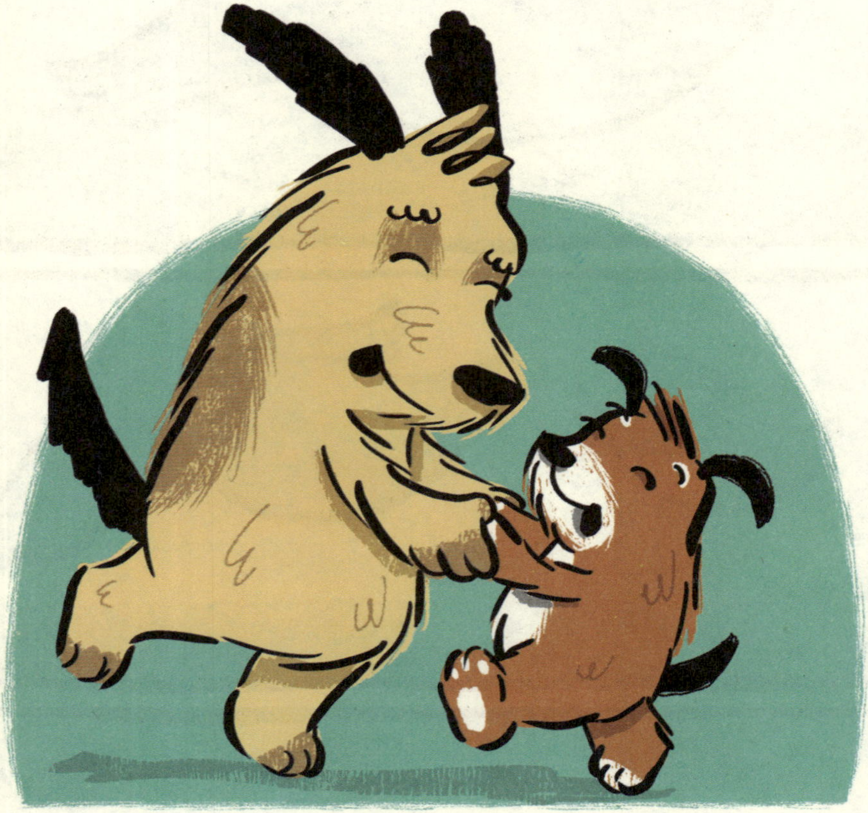

CAPÍTULO SETE

MÚSICA

Doggo e o Filhote assistiram aos pássaros voando lá no alto.

Ficaram sentados, sossegados.

Ouviam os sons que o dia trazia.

As abelhas zumbiam.
As folhas farfalhavam.

Os esquilos guinchavam.

Esses não eram esquilos gigantes.
— A Gata tinha razão — disse Doggo.
— Há muitos tipos de música.

O Filhote encontrou uns gravetos.

Ele e Doggo passaram o dia tocando bateria.

Eles formavam uma banda e tanto.

Por fim, voltaram para casa.

Os pássaros esperavam em uma árvore.

— Ainda quero ser um herói como o Cão Maravilha — disse o Filhote.

— *Piu piu piu!* — responderam os pássaros.

— Foi um ótimo começo — disse Doggo.

GUIA DO HERÓI SEGUNDO O FILHOTE

Seja **SOLIDÁRIO**.

IMAGINE como os outros se **SENTEM**.

OUÇA bem.

Seja um **AMIGO**.

Não **DESISTA**.

Tente ser **GENTIL**.

Tome **CUIDADO**.

Sacuda a poeira e **BOLA PRA FRENTE**.

Faça alguém **SORRIR**.

MILK SHAKESPEARE

ESTA OBRA FOI IMPRESSA EM AGOSTO DE 2023